그늘의 사랑이여 나를 물어라

시작시인선 0451 그늘의 사랑이여 나를 물어라

1판 1쇄 펴낸날 2022년 11월 15일
지은이 이정화
펴낸이 이재무
기획위원 김춘식, 유성호, 이형권, 임지연, 홍용희
책임편집 박찬세
편집디자인 민성돈
펴낸곳 (주)천년의시작
등록번호 제301-2012-033호
등록일자 2006년 1월 10일
주소 (03132) 서울시 종로구 삼일대로32길 36 운현신화타워 502호
전화 02-723-8668
팩스 02-723-8630
블로그 blog.naver.com/poemsijak
이메일 poemsijak@hanmail.net

ISBN 978-89-6021-679-2 04810
     978-89-6021-069-1 04810(세트)

값 10,000원

그늘의 사랑이여 나를 물어라

이정화

천년의시작

시인의 말

시는 직관이다.

삶도 한 순간이다.

살아 있는 내 촉수에 걸린
내 경험과 읽기 바탕에서 주변 사물과 사상에 무심한 듯 쏠린
사고와 판단의 한 순간 생명의 진동을 느낀다

결정적 순간은 아주 드물게 찾아온다.

늘 땀 흘리며 외곬인 듯
주어진 삶에 곤고히 몰두해야 한다.

어느 날 한 줄기 바람이 뜨겁게 불어올 것이다.

2022년 11월
이정화

차 례

시인의 말

제1부

목련 지다

고요
그 상처에서
피가 번지어
물결 없이도
상어들이 몰리다

고독이 고압으로 흐르는
시퍼런
해연

흐름을 뜯으려는
흰 이빨은 무슨 악기일까
먼 데서 번지어 오는
생명
그 진동

잠시 모여 있다
돌연 흩어지는 지느러미들

목련

어쩌려고 봄은 와서
맹목을 뜨게 하는가
추위 속 오래 골똘하던 푸르름
가지 끝 흰 배 뒤놀며 모여드는 상어 새끼들
저 위험한 것들

서녘 비단길은 먼데
어쩌려고 봄은 또 오는가
토막 난 진리를 물어
야성의 날개 끊임없이 날아오르고
자유로운 바람
말씀들 깃발로 퍼덕여 바래어

초록 봄은 해마다 미완성
밤중에 먼 모래산이 한번 울고
탯줄을 끊은 아침
발등에 하얗게
또는 핏빛으로 흩어져 내려
그림자의 손이 아무리 길게 늘어나도
말할 뻔했을 뿐

넝쿨장미

유월 초저녁 공기는 도둑괭이, 부드러운 털
위험한 발톱 숨긴
21세기 수용소 구획 안에서는 다들 얼마쯤 포기한 자유
담벼락 위 쇠창살
매달린 팔뚝들이 내지르는 위험 신호
바깥 공기 들이켜려 틈새로 찌그러지며
마악 피어나는 붉은 청춘들

저 너머 6차선 아스팔트 도로
비상등 켜 내달리는 앰뷸런스
흰 차 벽 초록 녹십자
뭉클 줄기 벋어나 가시
가시 돋쳐

접시꽃

밤새 어둠 면벽
어리석음으로
답을 구하다가 지쳐
새벽 길
터벅터벅 빈속으로
걷는 자에게
그릇 그릇
내미는
환한 보시

천년을 시퍼렇게 또아리 튼
강 마을 어귀에 들어
정신 차려
두 손바닥 모으면
그 여름
밝아 오는 빛 속 꼿꼿이
활짝 활짝
삶은
마냥 잔치

장미
—다비제

영롱한 뜰에
휙 스쳐 사라지는 향기

흩어지는
꽃잎 낱낱

"스님, 불 들어갑니다!"

해 빛나는 세상
짧은 필생
고스란히 하이얗게 식은 재

옥잠화

풀 먹인 어머니의 무명적삼이
꽃밭에서 투명 이슬을
받는 밤

미명이 허밍으로 바알갛게 숯 다림질하면
채 어둠 속
빳빳이 풀이 서는 향기로운 유년

고향은 항구
먼 밝음 속 진초록 물결 주름이 희망처럼 일어 오고

젊은 어머니는 패각의 거울 안
매무새 다듬어
비녀를 꽂으시다

나는 그만 졸음에 빛을 잃는 반딧불이

나팔꽃

당신이 웃을 때마다
덩굴손
하늘로 하늘로 오르며
꽃 한 송이
한 송이
잇달아 방방 피어나네
내 마음의 간짓대
자꾸자꾸 키 늘어나며

하루의 절반은 실금 지는 어둠
강물 흐르는 소리
더 카랑한 밤
먼지 앉은 맘 씻어
분홍 보라 비틀어 짜기
새 아침 밝은 햇살에
제 가진 플레어스커트 낱낱
활짝 활짝 펴 말려

민들레

너의 발 아래가 내 하늘

너 다니는 길섶

내 마음 끝 끝 발돋움해

너 발밑 환히 밝히다

응원하는 노란 꽃술 달고

톱니 바람 빙그르르 켜는 초록 발레 치마

봄날의 도형이

해마다

몇 번이나 되풀이 그려질 때

너 문득 돌아보는 둘레 어딘가에

>

언제나 나 있어

너는 늘 내 컴퍼스의 중심축

꽃무릇 1

수사修辭 없이 본문만 내뱉은
당돌함

초록 변명 하나 매달지 않고
그렇게
문득
내 앞에 팽팽히 서면

나는 이 맨땅에서
사무치도록 붉은 이 맨땅에서
세세토록
또
어쩌라는 겐가

사랑이여

선운사
범종 소리도 비껴간다

꽃무릇 2

푸른 독사 모가지로 빳빳이 올라와
붉은 혀 날름대는

아까부터 바람도 숨죽인
이 땅끝에서

그늘의 사랑이여
나를 물어라

붉은 비

봄비는

이제 활짝 다 핀 영산홍 너른 꽃밭 위 짐승처럼 뒹군다

낙엽

자서自敍
그 요약한 한 문단에서
형용사와 부사는 덜그럭거리며 떨어진다
연둣빛 감탄사는 다음 생生까지 보류
빗방울이 난장으로 두드리는
녹슨 양철붙이
소리는 찌그러지지 않는다
소리는 제멋대로 구르다가 젖는다
들쥐처럼
아스팔트건, 하수구 언저리에서건

남천南天[*]

초록 햇살이 투과하여
짜 내는
레이스
인연의 고리

나는 그녀의 무르팍에 누워
가끔씩 고요의 허리께를 스치듯 쓰다듬으면
내 얼굴 위로 어깨 위로
찰랑이듯 떨어지는
불망의 그림자

—그녀는 꽃보다 붉은 열매를 머리에 꽂고

정오가 쏟아붓는 뜨거움조차
하늘하늘 목숨의 실로 자아
섬세히 뜨는 손길

한때 물속 정지된 시간
아 어느 전생
후생이었으랴

내 몸과 마음 무늬에서 무늬로
끝없이 포박당함이

─그녀는 잎새보다 붉게 마음을 물들이고

＊ 남천: 식물 이름, 섬세한 잎새를 가짐.

갈대

갈대는
갈 데가 없다, 꼭두 일월
얼음장 아래 푸른 서러움, 눈물 더한 흐름을
차마
떠나지 못하기 때문

기별처럼
바람 불어오면
몇 번이고 사무쳐 쓰러졌건만

이제 사랑 쪽으로 한 방향을 보는
여윈
늑골들

산그늘 잠긴 먼 과녁
골몰한 생애들이 집중해 화살표를 이루다

새봄이 능선에서 깃발 펄럭이면
어둠 속 뚫고 오는 강 물살 맞아
연둣빛 함성으로

어울려

다시 꼿꼿이 일어서리

지급 불능의 가을

지급 불능의 가을이 왔다
저 한없이 트인 공중에서
내 앞에 쏟아지는 노란 추심推尋 딱지들

수확할 기쁨은 이미 없다

부대껴 왔던 마음
이르를 곳에 이르렀기에
여기서 차라리 안도해야 하나

헐거워진 몸뚱이는
바람에 돌쩌귀를 떠나려는 문짝으로 삐걱대어

모든 이웃한 것들이
눈 가늘게 떠
서늘히 뒤를 돌아볼 때

비로소 저만치 엉버티고 선
절벽 겨울

제2부

바위

그도 처음엔 실바람이었다

그도 처음엔 개울물이었다

그도 처음엔 연둣빛이었다

사나운 비바람에 육신을 씻고
소리 없는 신음이
영혼을 터쳐 나가

하늘가에
오래 떠돈
구름

오늘 자연사박물관 한 어둠 속
미래를 밝히는 보석

콩나물

나는 세상 시루에서 매일
비애의 검은 보자기를 뒤집어쓰고
신이 문풍지 펄럭이며 소통하시는
처소의 윗목에서
때맞춰
'깨어 있거라, 정진하라'
정수박이로부터 맑은 물줄기 쏴아
세뇌당하며
내 사상은 조금씩 조금씩 웃자란다
전혀 겸손하지 않게
뻣뻣이
허여멀쑥히
골똘히

눈사람

눈사람을 만들어 세우던
그 겨울 어린 날부터
우리는 이미 수수께끼를 알아 버리지 않았을까
사람은
두어 덩이 단순한 뭉치이며
얼마 후
형체도 없이 사라진다는 것을
눈, 코, 입, 숯덩이, 솔가지 같은 것들은
단순한 배열에 그치고
가장 나중까지 남은 가슴
축축한 눈물 자국 같은 것으로나
메마른 땅을 적신다는 것을

아버지
—그 한마디 말씀

아버지 쓰러져

꼼짝 못 하시고

병원 병상에서 눈만 떴다 감았다 여러 해 계실 때

막 발간된 첫 시집 보여 드렸더니

절개된 후두로 안간힘 쓰시어

제게만 겨우 들린 실낱 목소리

'고. 맙. 다'

무슨 말씀이십니까

이 세상 목숨 타서 빛 본 제가 사뢸

아버지 고맙습니다

그날부터 저는 모든 낱말들이 가진 뜻을

말 부리는 이의 고귀한 넋을

다시 새기기 시작했습니다

아버지 우주에 무한으로 넓어지신 이후

이 별에서 사랑이던 제 시의 존재 이유는 끝나고

오직

하늘과 땅 사이를 머리 찧으며

쓸쓸히 떠돌았습니다

>

한마디 말씀으로 새 계절이 열리어
다시 깨어나야 했습니다
이 땅에 유전하는 간절한 뜻이 되어
보다 맑고 환한 생명 이어 가도록
지구를 가꾸겠습니다
바람 속에 새를 날리겠습니다

바이칼

마악 마음에 살얼음이 서려 드는
순간순간
생래적인 이 슬픔 차츰 굳어
꽝꽝 굳어
겨우내 그 위를 예언자처럼 사람이 걷고
짐마차가 길 없이 가고
트럭들이 달리고

슬픔이 깊어
사랑도 맑게 트이는가, 늦은 봄 비로소
호수는 제 마음 크기만 한 알 하나를 낳아
태양 아래 툭툭 털어 일어서다

기슭 달무리 레일 위 기차는 달려
키 작은 들꽃들이 대륙 소식에 귀 종긋 자잘히 피어 흔
들리다
예부터 신령 깃들어 샤먼이 넋의 물결을 끝없이 부르는
목숨의 알끈
알혼 섬

\>

여러 해 가슴에 품었던 어머니 영혼을
호수 한가운데 배 위에서 먼 우주로 보내 드리다
'이 별에서 저는 파아랗게 행복하였습니다'

바이칼은 저만한 하늘 하나도 높다랗게
쌍둥이로 띄워 놓고
무량하게 삼생을 비치다

홍紅 단풍나무

고대 잉카에서
삶의 게임에서 최우승자가
신에 의해
선택된 자가 되어
영광스레 제 생명을 봉헌했다는

오늘
이 나무는
맑디맑아 정신이 몰약에 취한 듯한 가을 공기 속
하늘 한복판으로
제 더운 심장을 더할 수 없이 높이 바친 후
두 손 채 붉은 물 뚝뚝 들이기도 전
태양신에게
경배하고 섰다

메콩 이야기

가로수에 일 년내 꽃구름 일어
초록 풀잎 위 향기 강물로 떠다니는

세상에서 가장 계산에 어두운 사람들
늘 두 손으로 보시하며
마을마다 황금 부처를 모시는

고사리순처럼 고개 외로 수줍어하며
저 가진 것 적어도
제일로 행복히 사는

코끼리 큰 눈망울에
구름
탑
나
그리고 하늘이 비쳐

환한 한낮이 뗏목으로 떠
세상은 한 폭 그림으로 흐르는 곳

그물

도나우강
전날 풀어놓은 그물 수십여 곳에
무슨 물고기가 걸렸을지 생각하면
어부는 가슴이 설렌단다
동트기 전에 나아간다

나의 밤 그물에는
어떤 물고기가 숨어들어
그물 바깥의 나를 통째로 사로잡아 이다지 출렁대나

그물 안팎
목숨의 설렘으로
지구가 팽팽하다
동이 트면서 은비늘 낱낱 해를 튀기다

얼간

배추나 무청에 얼간을 쳐
지나친 뻣뻣함
지나친 풋기를
살풋 버려야
풋비린내 나지 않게
맛깔
양념과 어울릴 수 있다

나,
얼간이

가을 투영

가을 햇살이 투과한 뢴트겐

떨그덕
떨그덕

가로에
뼈 그림자로
걸어 다니는 사람들

마가목 붉은

11월 마가목 열매 총총 여러 겹 매달린
붉은 샹들리에 등불 아래서 나는
아침마다 저녁마다 더할 수 없이 환해지네
톱카프궁전*의 왕이
부럽지 않네

마가목 열매는 사랑하는 새들에게 내어 주는
숱한 젖꼭지
즐거운 박자 맞춰 쫑쫑
새가 따 먹고
마가목 열매는 승천한다

* 톱카프궁전: 튀르키예의 궁전으로 세계적으로 크고 화려한 샹들리
에로 유명.

병病

한 병 있어 늘 시름시름 앓는 사람이
타고난 건강함으로 맘 놓고 살던 이보다
오래 산다는 이상한 말
스스로 삼가기 때문일까

시인이여
저만 아는 급소를 가지고 태어나
평소 들풀이나 몇 송이 야생화로 가려
사물과 사상에 대한 아픔이 없는 척
생명의 소용돌이 불꽃 속에서도 위기가 아닌 척
심장으로부터 자칫 치맺히는 눈가 이슬 감추기 위해
몇 번이나 먼 산을 보았던가
높은 곳을 자주 우러렀던가
한 편의 시가 잉태되는 폭풍 전야의 고요는
어떤 무늬로 하늘에 기록되던가

저 속에 다스려 온 하나의 아픔, 노예가 되어
허덕허덕 구름과 사막을 거쳐 있는 듯 없는 발자국
병듦으로서
마침내 병과 아름다운 동행이 되다

적

너는 스스로 대비하였다

어느 산모롱이에서
침략해 올지 모르므로
매일
긴 성을 쌓았다

길게 둘러
온종일 땀 흘러
한 달
일 년
또 일 년……

세상을 조망했다

성실하였으므로
마침내 성 안에
갇힌
적

나

홍시 감나무

저 늙은 감나무는 수백 개

젖꼭지로

수백 번 보시한다

해마다 가을

수많은 나에게

제3부

호박琥珀

방울져 흘러내린
이미지
그 서정에서
빠져나오려
허우적대다
더 꼼짝없이 갇혀
투명한 성채에서
노랗게
네 절규로 굳어진
시신 있어
값을 매길 수 없는
보석
시인이여

고래

퀘이커교 경전같이 내용을 알 수 없는 나날
알지 못하나
무언가 경건했던 나날
가슴 저 밑바닥에
고래 한 마리 기다리며
육십령에 이르렀더니
내 머리 터럭 뻣뻣이 허예지고
밤마다 수없이 짠물 들이켜 크릴새우 같은
작은 연분홍 미미한 것들이나 훑더니
것들이나 훑어 왔더니
달빛 차갑게 찰랑이는 한 새벽
내 발끝부터 지느러미로 검게 변하고 있었다

고슴도치

화살이 날아와 꽂히다
화살이 날아와 꽂히다
화살이 나날이 날아와 온 몸뚱이에 꽂힐 것이다

반짇고리 속
바늘겨레*는
입성이라도 곱지만

상처가
어두운 바깥 되어
세상 해와 달에 구르며
저 가슴을 찌르는
고슴도치

* 바늘겨레: 바늘을 꽂아 두는 작은 물건. 대개 고운 색 감으로 만듦.

궤적

연어가 오호츠크해
캄차카반도
베링해
알래스카 경유 16,000km를
헤엄쳐
대한민국 강원도 강물 거슬러
돌아오다

연약한 모태 그리움
그러나
저 힘찬 궤적

괭이갈매기

오래 품었던 알에서 깨어날 때
서로의 소리를 시끄럽도록 각인시키는
모자들

입에서 먹이를 몇 번이나 씹어
죽처럼 토해 새끼에게 먹이는
어미들

서로 울음을 날카롭게 새길 때마다
어미가 애써 창자에서 토해 낼 때마다
바다는 절벽 바위에 깨어져 하얗게 쓰러지다

제왕나비

제왕나비는
캐나다에서
멕시코 중부까지 날아간다[*]

나의 게으름이여
손 놓고 가만히 있으며 운명을
기다리지 말자

꽃을 찾아
꿀을 찾아
날자
날자
날자

[*] 제왕나비가 나는 거리가 5,000km임.

잠자리

제 일생 맞닿는 기쁨 슬픔 무게를

투명히 수평으로만 견디는

천칭

강
—이상화 선수*

얼음판 위

오직

칼날로 서서

제 그림자 무게를 제가 끌고 가는

궁극의 흐름이 되다

* 이상화 선수 인터뷰. "도전할 것이 있으니까 도전하는 거예요. 긴긴
목표는 없어요."

반 컵의 물 안에 수평선과 하늘이
나뉜다

시간이 왜곡된 공간

나는 마저 이 반 컵의 풍경을
내 속에 들여
수선화 꽃대 하나를 세우고
천둥 번개 내장된 균열 너머
뭉게뭉게 흰 구름 일으켜야 하나

투명을 담금질해 두드려 저 시우쇠
텅텅 불려야 하나

한낮

하늘 한가운데
붉은 신호등
외눈 흡뜨고 걸려 있다

나는 나아갈 수도
뒤로 물러설 수도
꼼짝할 수 없이

숨을 그림자조차 없는
명명백백한
운명에 맞닥뜨렸다

관계

하늘을 나는 한 마리 독수리 날개로 하여

유유히

하늘은 수평을 유지한다

사막 1

치명적 아름다움의 사랑

왜 나는 또 무모하게 한 발 한 발 빠져드는가

사막 2

붉고 고요하고
뜨겁다
사막은 사막의 본분에
충실하다

모래 위에 그림자를 남기며
아득히 하늘가로 사라지는
무인기

팽팽한 내 마음의 차바퀴는 오만한 공기를 일부 빼야
저 모래언덕을 오를 수 있다

고비사막
―인간 흔적

외따로 떨어져 사막에서 살던 한 집
사방공사 녹화사업을 하던 여인
다른 사람이 그리워
너무 그리워

수년 만에 지나가는 저 멀리 모래벌판 위 한 사람
반가워 고함 지르니
저이는 너무 놀라
외려 아득히 아득히 달아나고

그의 발자국에 대야 덮어 두고
얼마 만에 한 번씩
한 번씩 열어
인간 흔적을 느끼고

늑대

강가에서
싱싱한 피 냄새를 맡다

한밤내 피 냄새를 따라 걸으며
흰 송곳니를 세우다

강은 밤처럼 길고
동행하는 야성에 강은 파랗게 질려

잊힐 만하면 달맞이꽃이
깜짝 셔터를 터트린다

먹이를 찾아

아프리카 코끼리*는 거의 6t 몸무게
나날과 생애를 거의 목숨 잇기에 골몰한다는데

늘 머릿속으로 '시'라고 핑계 대지만
나는 하루 몇 시간
책상 앞 앉아
시에 바치나

* 아프리카 코끼리는 하루 18시간 먹이를 찾거나 먹는 데 씀.

제4부

마애불

내 애인은
신라에 꼭꼭 숨고

내가 이 세상 나오는 찰나
그는 입매에 엷은 웃음 띤 채 옷자락 몇 가닥 선으로 남기고
돌 속으로 잠기어

어느 달밤
꿈인 듯 그가 비칠 때
내 이미 어둠 누리에 눈 흐려 보이지 않아

만나지 못하고
나 몇 생을 또 찾아 기다리네

동화사 앞 암벽 마애불좌상

신라 하늘로부터
도르르 햇고사리 순같이 몽개몽개 피어나는 구름발 타고
님 아직 날아내려 오시는 중

꽃 판 아래로 향한
꽃 판 위로 향한

두 겹 연꽃 자리 위 님은 앉으시어
무릎에 드리운 소매 주름 속
오른손은 아래로 항마촉지인
왼손은 하늘 받들어 펴시어
넓은 어깨 중생 교화로 무겁습니다

절벽 바위 속으로부터
등 뒤로 타오르는 불꽃 광휘 두르고
이미 반쯤 사바에 나와 앉으시어
긴 귀로 이 세상 빛과 그늘까지 헤아리십니다
광배 꼭대기 뜬 배는
현생의 거친 물결
저희 고요히 항행하라는 뜻입니까

>

쉿, 님은 아직
신라 하늘로부터 구름발 타고
두근거리는 가슴 옷 주름 지긋이 띠 매듭 눌러
저희 만나러 날아내리시는 중

보랏빛 정적 속 오랜 나날
오동꽃 온몸이 귀가 되어 지고 핍니다

청암정

맨드라미 꽃관이 요요히 타는 수면 아래
침잠하자
침잠하자

호수 가운데
거북이
지고 선 정자

시대의 뭇 글발 일렁여 오는 물너울 속
푸른 목 늘여
푸른 목 늘여

동무 동무 춘양목 오래 붉은 그림자들
꼿꼿한 마음
산호 병풍 두르고

봄 여승

미륵산 돌아 나오는
바람 몇 오리 아직 차게
바랑에 걸리다

진달래꽃 두어 송이
맑은 뺨에 아른 비치어도

저만치 아래 푸른 봄 바다
쉼 없이 흰 금을 긋고 떠나는
객선의 항적航跡

언제냔 듯
나비 합장 한번
걸어갈 뿐인 풍경 속

사문진*

빈 손바닥에
운명선 벋어 흔들리는 코스모스 엽맥

그리운 이 어쩔 수 없이 떠나보내는
나루터 기슭
손 손 손들 구름꽃 피어나

글썽여 만지작대던 푸른 옷고름
끝없는 음률 풀어진다

* 사문진: 경북 달성군에 있는 나루터.

채석강

하루같이

평생을

가는 해

가는 님만 바래 주다가

가슴 벼랑에 겹겹

이다지도 금이 가다

가을날

외로움이 저인망식으로 오다

물결 아래
움직이는 감정의
잔챙이까지
잡아가

바닷속은 텅 비다

11월

동안거에 드는 달

이제 1:1 면벽이 시작될 것이다 차단된 구속이자

말풍선 흰 구름 높이 더 너머 트이는 무한 하늘

저 등 뒤로 수확 후 물 말라 황폐한 연밭, 진흙탕의 나날
속 마음이 겨루었던 쇠창검들이 염천과 우레와 비바람에 맞서
수없이 꺾여 녹슬어 수많은 방향 가리키며 어지러이 꽂혀 있
다 바싹 구겨진 방패들과

저무는 능선의 허공

붉은 시내 흘러

천천히 헤엄치는 목어 눈알이 시뻘겋다

잠수교 위에서

사랑한다면
보내 주어라

보내고
제 길대로
흐르게 하고

새벽마다
포개었던 마음자리마다
하나 하나 하나
별빛을 심는다

마트료시카[*]

날마다 삼킨다
    삼키고
    삼키어

날마다 혼자 뱉고
     뱉고
     뱉어서

* 마트료시카: 큰 목각 인형을 벗겨 내면 계속 작은 목각 인형이 나오
는 러시아 장식품. '풍성함'을 염원한다 함.

너의 눈

너의 눈
이다지 예쁨을

다들 마스크를
쓰게 된 이후
비로소 알게 되었네

맑은 유리창
흰 구름

세상이 조용하니
참 읽히네

소격렬비열도

그래
바로 그것이야
새벽잠 문득 깨어나 다시 잠 안 오던 것은
그리하여
이리저리 뒤채이던 것은

아침 뉴스 시간
소격렬비열도
거기로부터 비롯된
바다 밑
땅속
지진이 몰래
멀리 펴 온 그리움의 속도
지구의 가만한 파장이었던 것을

향수 19[*]

잠자리에서까지
속박은 참을 수 없어
소화 안 되는 허리 쬠
소통이 안 되는 압박붕대 속 피돌기
머릿속 수상한 소문도 풀어져야 해

가끔 실족하였지만
오늘 생을 마감하지 않은 장미
어둠 터널을 혼신으로 뚫는 녹색 가시
여러 해 내 집에서 같이 살다
손 흔들며 흐름에 방생한 금붕어 몇 마리
아직 지구 위 꽃색이리라 믿어

채널에 이리저리 끌려가던
한밤 사건과 픽션을 끄고
하얗게 질린 시간과 마주하더라도
하루치 죽음을 거쳐
또다시 부활해야 해
산그늘도 잠겨 흐르는

한 겹 푸른 강으로 소리 없이 흘러야 해

* 향수 19: 프랑스 샤넬사에서 만든 향수의 한 종류.

제5부

산수유꽃
—코로나 19 초기 대구의 새벽

아직 벗은 가지에 하루살이 윙윙
시끄러운 묶음으로 떠도는 노랑
지구 끝날인 듯
하늘과 땅 사이 창궐하는
역병의 봄

죄 지은 모가지 모양새를 하고
목숨 몇몇
비수의 달이 잠긴
새벽 강 따라 띄엄띄엄 걷다

쉼터
새 운동기구 놓일 자리
시멘트 반죽 부어 친 노란 금줄
'지금 양생 중
건드리지 마시오'

2020 봄 대구 전언傳言

봄이 봄이 아니며
목숨이 목숨이 아님

산수유 벚꽃 개나리들 순서대로 달구벌에 등장했지만
코로나 19 바이러스에 낮밤 시달리는 눈엔 모두 퀭한 가화

꽃 화분 꽃다발도 공포의 손들이 찾지 않아
꽃집들이 망해 간다는 소문

목련이 조등을 내걸어
그나마 한 소임을 다했다는

천방지축 세상 쏘다니며 뭇 인간 생명을 감염으로 쓰러
뜨리는 망나니를
믿을 만한 체포조 그대들 오기를 조마조마 기다리며

새벽마다 강가를 어쩌지 못하는
흰 유령되어 떠돌고 있음

홀로 징검돌을 건너며

여름까지 넘보는, 어쩌면 더 길어질 그 낌새에 오싹해
하며

2020 봄 대구 가설 무대
—그림자가 없어졌다

살아 있음은 그림자를 데리고
그림자와 함께
성큼성큼 걷는다는 것
희로애락 속을 햇빛 아래서나
달빛 아래서나

산수유 벚꽃 개나리 순서대로 조화 등장하는
2020 봄날 향기 없는
가설 무대 대구
배역들이 사라졌다. 문득 거짓말처럼

길거나 짧은 필생의 주인공들
아버지 아들 할머니…… 우리의 가족, 이웃
단 며칠 몇 주 사이
증발해 버린 그림자들

마지막 통곡 의례도 없이
찬술 한잔 나눔도 없이
뒷날 뉴스 통계에 아라비아숫자로 보태지고
그래프 위 사선 덧그어져

조용히 증발해 버린 그림자들

흰 구름 뭉클 하늘 오직 복받치고

강물 푸르고 긴 머리채 풀어 울음 하염없다

봄밤 1

외줄기 자일에 몸 묶어 매달려
절벽을 오르는
가장 외로운 사람

바위에게 바치는
시린 구애求愛

눈 들어 우러르는
마음 봉우리는
만년설 흰 꽃봉오리

봄밤 2

찬 하늘의 비수 한 자루

내 마음 숫돌에 갈리다 갈리다

실눈만 해진다

비상구가 되고 만 겨울 남자
—김광석길

겨울에 와서
겨울에 이 지구를 떠난 남자
번개전파사에 날아내렸다
끝내 천둥이 되어 우주로 간 남자
서른 즈음에
더 서느러이 인생을 느끼던 김광석
그대 기타 치며 앉아 노래하는
둑 저쪽은 10차선 툭 트인 문명 대로
이천 년대를 밤낮없이 질주하는 앰뷸런스
사람 속의 쓸쓸함
삶 그 사랑과 상처를 위로하며
희망의 비상구 되려던 남자
오늘 외롭게 남은 자들은 이 거리에서
그 사내 노래의 강물에 젖어 흐른다

그믐달

바닥을 친다

언젠가
탱탱히 둥글어
다시 튀어 오르리라

어두운 가계부 오늘 페이지

동짓달 그믐밤의 시

미세먼지 '매우 나쁨'
솜 타는 솜틀집처럼

어두운 옷을 입고
검은 방역 마스크를 쓰고
집을 빠져나와
시대의 범죄자, 강변으로 도피한다

어둠 기슭을
검은 콜타르로 천천히 움직이는
강

한밤내 왜가리 한 마리
흐름 속에서 여윈 한 다리로 버티며
왜
왜
푸시시 깃 세운 헌솜 한 덩이로
이 아픈 시절을 묻는
물음표로 섰다

\>

푸른 하늘로 활짝 팔 벌리던 청춘의 종려나무들
매서운 계절을 견디느라
온몸 볏짚 둘러 새끼 꽁꽁 염한 채 줄지어 있고
나는 그 아래 지나며
또 한번 날개가 꿈틀거리지만
이 어둠 속에서는
꼼짝할 수 없는 나의 시취를 맡는다

달

끌 수도

가릴 수도

없는

저

하늘의

몰래카메라

가벼운 달력

불확실한 날들이 와서
불완전한 나날이 되어
왼 다리를 절며 가네

밤새 진흙을 주물러
나는 나뭇가지로 많은 빗금들을 꺾꽂이했지만

마냥 앉아 기다릴 수만은 없었던
하루하루
동동거림이
초록이 사라진 엽맥으로 휑뎅그렁하네

겨울 포도밭

수척한 정맥들이 한 해의 노동과 비바람
영광과 찬미가 추억으로 보태어져 굳어

이제 새끼 쳐 날려 보낸 공중의 빈 까치집처럼
딱딱히 익히는 묵언 수행

나사렛예수의 분신들 바람 속
십자가에 팔 벌리고 못 박혀 서서
햇볕 링거 맞는 오후

수평선 위의 해

그대와 내가 밤새 팽팽히 길게 당긴

감성의 시퍼런 고무줄

새벽, 탄성으로 튀어 오른 붉은 한마음

반납일

책을 빌려 읽다
잊다 문득 대출 기한 다 되어
반납하라는 문자메시지 오다

잎 떨어지는 가을날
드디어 나도 없어 반납하고프다
휴일의 도서관 앞

낡은 나무 사각 반납함
새 디자인의 차가운 쇠 함도
묵묵부답 기다리고 섰다

일출봉

바람을 가르마 타며
그리움 하나로 버텨 왔다

눈 닿는 곳
시시각각
시퍼렇게 횡행하는
무언의 절망들

동 트면
맨 처음
피 흘리며 고개 드는
빳빳한 꽃 모가지처럼
겹겹 꽃잎 속
화심처럼

멀리 보면 애증도
긴 한 획일 뿐인 그 위
뜨겁게 용틀임할
내 안의
울음 하나를
기다리고 섰다

요람

아침 강변 산책길
근 백 년 될 성싶은 왕버들 열두 그루가
늘어서 우거진 곳
가지와 잎새 드리운 모양이 아취로워
늘 눈길 머물던 곳
어느 날 왕버들 그늘 아래
2~3인용 그네 의자 두 대가 세워져

또 아침 가만히 보면
70~80대 할머니들 두세 분 타 앞으로 나아가고
뒤로 물러나곤
하는 광경이 참 보기 좋았다
혹간 할아버지끼리도 얘기 나누며 타시고

슬하에 내 자식 다 키우고
손자 손녀도 잔손 도와 기르신 후
이제 당신께 주어진 빈 시간
스스로 요람을 즐기시는 듯
덩달아 저의 마음도 웃었다
칠 팔순 흰머리에 요람이라니

둘러선 초록 왕버드나무들도 풍경 속
함께 요람을 탔다

해 설

현실의 신산을 건너게 하는 상상력의 매혹

손진은(시인, 문학평론가)

　　좋은 시는 어떤 소재나 감정을 그대로 반사시키는 거울이
아니다. 새로운 시는 시인의 상상력을 통해 남들이 감지할
수 없는 새로운 미적 영역을 새로이 열어 놓을 때 가능하다
고 할 때, 시인은 대상이 되는 현상적 사실이나 사물을 상
상력의 불꽃으로 점화시켜 제 나름의 빛깔과 향기를 발하며
타오르며 그 과정을 통하여 지금까지 한 번도 본 적이 없는
새로운 미적 구조물을 만들어 낸다.

　　이정화의 이번 시집은 정갈한 언어와 여백을 가진 이전
시집의 특징을 여전히 지속하는 동시에, 그것을 완연히 넘
어서고 있는 지점을 거느린다. 그것은 그만큼 언어적 자의
식과 미적 본질에 대한 사유의 측면에서 스스로의 한계를

극복하려는 내면의 고투가 있었다는 것을 보여 준다.

　이러한 고투와 자각은 어떤 시적 계기에서 출발하고 있는데, 시인이 첫 시집을 병상의 아버지에게 보여 드렸을 때, 절개된 후두로 안간힘 쓰시며 겨우 내뱉은 "고. 맙. 다"는 말씀이 시인으로 하여금 "모든 낱말들이 가진 뜻을/ 말 부리는 이의 고귀한 넋을/ 다시 새기기 시작"(「아버지」)하게 한 것이다. 그때부터 이정화의 시들은 낱말의 선택이나 언어 운용의 시적 자의식이 한껏 작용한, 절실한 미적 표현과 함께 역동적 상상력을 불러일으키면서 요즘 시단에서 드물게 보는 새로움과 감각의 유연성, 정신의 깊이를 드러내는 진경을 보여 주고 있다. 이 글은 이정화 시의 이런 양상을 따라가는 방식으로 쓰일 것이다. 먼저 이정화 시에 드러난 감각과 통찰의 측면을 고찰하기로 한다.

1. 감각과 통찰

　이정화는 대상에 대한 우리의 고정되고 경직된 관념, 그 관성을 경계하고 미적 자의식에 기반한 언어를 지향한다. 이는 이정화 시인의 감각이 그만큼 새롭고 배면을 뚫어 보는 통찰이 날카롭다는 것을 함의한다. 몇 편의 시를 통해 그 양상을 살펴보기로 한다.

　　지급 불능의 가을이 왔다

저 한없이 트인 공중에서
내 앞에 쏟아지는 노란 추심推尋 딱지들

수확할 기쁨은 이미 없다

부대껴 왔던 마음
이르를 곳에 이르렀기에
여기서 차라리 안도해야 하나

헐거워진 몸뚱이는
바람에 돌쩌귀를 떠나려는 문짝으로 삐걱대어

모든 이웃한 것들이
눈 가늘게 떠
서늘히 뒤를 돌아볼 때

비로소 저만치 엉버티고 선
절벽 겨울

　　　　　　　　　　—「지급 불능의 가을」 전문

　이 시를 지배하고 있는 정서는 갚을 길 없는 부채감의 쓸
쓸함과 고독감이다. 그것은 "이르를 곳에 이르렀기에/ 여기
서 차라리 안도해야 하나" 하는 적당한 만족을 극복하고자
하는 자리에 놓인다. "모든 이웃한 것들이/ 눈 가늘게 떠/

서늘히 뒤를 돌아"보는 이 적막한 계절에, "수확할 기쁨은 이미 없"는 시인의 마음은 이미 "돌쩌귀를 떠나려는 문짝으로 삐걱대"며 중심을 잃는다. 거기다 겨울은 절벽으로 버티고 있다. 그때 시인은 "트인 공중에서" 노란 낙엽이 떨어지는 것을 두고도 빚 상환의 독촉을 하는 "노란 추심推尋 딱지들"로 읽고 있는 것이다. 부정적 현실 속에서 창작이라는 수확을 해야 한다는 외롭고도 소슬한 시인의 자의식이 "지급 불능의 가을"이라는 독특하고도 돌올한 말로 선택되었다.

> 외따로 떨어져 사막에서 살던 한 집
> 사방공사 녹화사업을 하던 여인
> 다른 사람이 그리워
> 너무 그리워
>
> 수년 만에 지나가는 저 멀리 모래벌판 위 한 사람
> 반가워 고함 지르니
> 저이는 너무 놀라
> 외려 아득히 아득히 달아나고
>
> 그의 발자국에 대야 덮어 두고
> 얼마 만에 한 번씩
> 한 번씩 열어
> 인간 흔적을 느끼고
>
> —「고비사막」 전문

사람이 도무지 하나도 보이지 않는 고독 속에 사는 한 여인의, 인간에 대한 그리움을 담고 있는 시이다. 여기서 사막은 두 가지 방향으로 읽을 수 있다. 실제의 고비사막일 수도, 타자와의 소통이 완전히 끊긴 상태의 내면의 사막일 수도 있다. "수년 만에 지나가는 저 멀리 모래벌판 위 한 사람"을 보았다는 것도 눈여겨볼 필요가 있다. 수년 동안 기척도 없었던 내 문앞에 어떤 반가움이 당도했다는 것, 그러나 그는 "너무 놀라/ 외려 아득히 아득히 달아나" 버렸다는 것. 더 낭패스러운 일이 벌어진다. 그것이 고비사막 여행 중에서 들었던 일이든, 현재 우리 삶의 통찰이든 어느 경우를 막론하고 이 구절들은 의미를 가진다. "사방공사 녹화사업을 하던 여인"이라는 말도 시사적이다. 사방공사는 사막에 초록의 공간을 내는 일이자, 대상 관계 사이에, 타자에게 푸른 소통을 내는 일이기 때문이다. 행인의 발자국에 대야를 덮어 두고 "얼마 만에 한 번씩/ 한 번씩 열어/ 인간 흔적을 느끼"는 여인의 행동은 인간에 대한 그리움, 인간 냄새에 대한 갈망을 그리고 있다. 놀라운 것은 인간의 흔적이 훼손되지 않도록 대야를 덮어 두는 여인을 생각했다는 것이다. 이 사무치는 행동이 가슴에 맺혀 떠나지 않고 오랜 잔상으로 남는다. 누구도 예상하지 못한 이런 방식으로 이정화는 감각을 형상화하고 있는 것이다.

반 컵의 물 안에 수평선과 하늘이
나뉜다

시간이 왜곡된 공간

나는 마저 이 반 컵의 풍경을
내 속에 들여
수선화 꽃대 하나를 세우고
천둥 번개 내장된 균열 너머
뭉게뭉게 흰 구름 일으켜야 하나

투명을 담금질해 두드려 저 시우쇠
텅텅 불려야 하나

—「1/2」전문

독특한 매력을 함유하고 있는 이 시는 이정화 시의 내적
지향을 말해 준다. 반 컵의 물 안에 수평선과 하늘이 나뉘
어 들어 있다는 발상은 참신하다. 그 안에서 시간은 왜곡
(굴절)되어 있는 듯이 보인다. 여기서 시적 화자의 마음은 둘
로 나뉜다. 먼저, 이 컵의 풍경을 자신 속으로 들여 '수선화
꽃대를 세우고, 뭉게뭉게 흰 구름 일으켜야 하나' 하는 고
민. 그것은 풍경만 번듯한, 그럴듯해 보이는 사랑과 평화
따위를 피워 올리는 시작 행위를 말한다. 이는 "천둥 번개
내장된 균열 너머"를 볼 때 특히 그렇다. 균열을 덮어 두고
표면적인 시작 행위를 할 것인가, 고민하고 있다는 것이다.
둘째는 "투명을 담금질해" "시우쇠/ 텅텅 불"리는 단단하고
내실 있는 시를 연마하는 시인의 삶을 밀고 나가야 하나 하

는 고민으로 이어진다. 물을 것도 없이 시인은 후자를 선택하고 있지만, 이것을 「1/2」이라는 제목으로 잡을 수 있는 예지와 통찰이 신선하다.

몇 편의 시를 통해 살펴보았지만 이정화는 오랜 숙고와 명상을 통해 낱말을 선택하고 새로운 방식으로 말을 부리는 묘미를 보여 주고 있다. 이런 감각과 통찰의 방식은 메마른 현실에 저항하는 정신성의 발로라고 할 수 있다.

2. 사물, 감정을 담고 있는 그릇

메마른 현실에 저항하기 위한 시인의 자세는 주변에 널려진 온갖 생물은 물론 무생물까지도 모두 감정을 담고 통어하고 발산하며 자신의 생을 살고 있는 실체임을 발견하는 자세를 낳는다.

1)
제 일생 맞닿는 기쁨 슬픔 무게를

투명히 수평으로만 견디는

천칭

—「잠자리」전문

2)

연어가 오호츠크해

캄차카반도

베링해

알래스카 경유 16,000km를

헤엄쳐

대한민국 강원도 강물 거슬러

돌아오다

연약한 모태 그리움

그러나

저 힘찬 궤적

—「궤적」 전문

3)

지녕석 아틈다움의 사랑

왜 나는 또 무모하게 한 발 한 발 빠져드는가

—「사막」 전문

앞의 두 편이 생물 시편이라면, 뒤의 시편은 무생물 시편이다. 그러나 어느 작품에서도 소재나 대상은 모두 감정을 담고 있다는 공통점이 있다. 1)은 짧지만 대상에 대한 인식과 형상화는 나무랄 데가 없다. 시인은 잠자리를 "제 일생 맞닿는 기쁨 슬픔 무게를// 투명히 수평으로만 견디는// 천칭"이라는 메타포로 시화한다. 정반대의 감정의 무게 사이에서 흔들리거나 치우치지 않고 가지런한 평형을 유지하는 잠자리의 모습은 내려앉은 모습에서 연유한다. 우리는 여기서 고요한 정신의 경지를 발견할 수 있는데, 그것은 자주 흔들리고 기우는 우리의 삶과 반대되는 경지이다. 2)는 16,000km를 헤엄쳐 거슬러 올라오는 연어의 귀소본능에서 그리움의 '궤적'을 읽어 낸다. "연약한 모태 그리움"이 "힘찬 궤적"을 낳았다는 아이러니가 있다. 3)은 사막을 사랑, 그것도 "치명적 아름다움의 사랑"으로 읽는다. 그것은 어찌 할 수 없는 몸짓이 "무모하게 한 발 한 발 빠져"드는 모래의 속성과 일치하기 때문이다. 시인은 눈앞에 있는 거의 모든 생물과 무생물에서 감정을 읽어 낸다. 다음은 바위를 깎아 만든 마애불에서 나와 애인의 몇 생에 걸친 사랑을 발견하는 시편이다.

내 애인은
신라에 꼭꼭 숨고

내가 이 세상 나오는 찰나
그는 입매에 엷은 웃음 띤 채 옷자락 몇 가닥 선으로 남기고
돌 속으로 잠기어

어느 달밤

꿈인 듯 그가 비칠 때

내 이미 어둠 누리에 눈 흐려 보이지 않아

만나지 못하고

나 몇 생을 또 찾아 기다리네

—「마애불」 전문

두 사람 사이에 펼쳐진 아득한 시간의 환유가 두드러진
다. 천 년 전에 숨은 애인, 내가 이 세상에 나오는 찰나 돌
연 "입매에 엷은 웃음 띤 채 옷자락 몇 가닥 선으로 남기고/
돌 속으로 잠"긴 자태는 그리움을 자극하는 신비한 이미지
를 가진다. 가끔 달밤의 시간에 "꿈인 듯 그가 비칠 때" 이
번에는 내가 어둠에 잠겨 그를 보지 못한다. 이렇듯 운명은
늘 교차하고 나와 애인의 숨바꼭질은 지속된다. 애틋한 그
리움에 주위만 맴돌 뿐 항상 뒤돌아 오는 운명의 나는 "몇
생을 또 찾아 기다"린다. 담담한 어조이지만 체념하지 않고
만남의 그날을 기다리는 고독한 자아의 내면에 불길처럼 타
오르는 사랑의 열기가 보인다. 알고 보면 사람을 담고 있는
바위가 몸이고, 살이다. 시인은 '마애불'을 통해 '사랑은 기
다림'이라는 명제를 형상화하는 데 성공한다. 이는 사랑과
그리움에 대한 인간사의 보편성이라 할 수 있다.

3. 꽃, 현실의 신산을 건너게 하는 매혹의 이름

이 우주는 색으로 뒤덮였다는 폴 세잔의 말을 상기할 필요도 없이, 꽃은 온갖 시들이 피어나는 매재로서 손색이 없다. 그 가운데서도 이번 시집에서 발견되는 이정화의 꽃 시편들은 일찍이 우리 시단에서 시도된 적이 거의 없는 매력을 동반하고 있다는 점에서 각별한 주목을 요한다.

이정화의 꽃 시들은 시들어 버린 지난 시간들을 소환 혹은 귀의시키는 일종의 제사로 기능한다. 누구든 사람으로 와서 물들이고 싶은 색이 없었을까만, 이정화는 물색을 시작으로 흰 노랑 주황 빨강 파랑 보라 등 여러 빛의 순간을 얼마나 자주 얼마나 다양하게 혼합시키며 웅성거리며 살아 눈부시는 생명과 숙연함을, 그 포효와 몸짓들을 저울에 달며 혼자 웃고 울었을까. 저물녘을 머금은 눈매와 입술 사이에서 이정화 인생의 수많은 꽃들이 피었다가 저물었다. 꽃 시편에서 가장 품위를 가진 작품은 「옥잠화」라 할 수 있다.

풀 먹인 어머니의 무명적삼이
꽃밭에서 투명 이슬을
받는 밤

미명이 허밍으로 바알갛게 숯 다림질하면
채 어둠 속
빳빳이 풀이 서는 향기로운 유년

고향은 항구

먼 밝음 속 진초록 물결 주름이 희망처럼 일어 오고

젊은 어머니는 패각의 거울 안

매무새 다듬어

비녀를 꽂으시다

나는 그만 졸음에 빛을 잃는 반딧불이

—「옥잠화」 전문

사유와 감각의 지향과 매개가 선명하면서도 입체적인 시
다. "풀 먹인 어머니의 무명적삼이/ 꽃밭에서 투명 이슬을/
받는 밤"은 어머니의 내면 성숙의 깊이와 겸손을 드러낸다.
이 성숙과 겸손이 미명의 검은색과 '허밍'이라는 청각을 불
러내는 바알간 숯 다림질로 "빳빳이 풀이 서는 향기"로 개
화한 것이 옥잠화이다. 여기에 그치지 않는다. 아무도 예상
하지 않은 새로운 정경과 빛이 개입한다. 새벽 항구의 밝아
오는 시간의 "진초록 물결 주름"의 푸른빛 여성성이 더해진
다. 이런 새로운 생명의 지평은 조개껍질을 두른 거울 안에
빳빳한 무명적삼에 비녀를 꽂으신 어머니가 한 떨기 옥잠화
로 한껏 생기를 띠게 하는 데 결정적 기여를 한다. 젊은 어
머니의 자태는 그 자체로 싱그러운 생명이며 품위로 작용한
다. 그 광채에 대비되어 "그만 졸음에 빛을 잃는 반딧불이"
가 된 '나'를 보라. "빳빳이 풀이 서는 향기로운 유년'의 눈

부신 성숙과 겸손의 꽃, 옥잠화가 어머니라는 것이다. 흰 무명옷과 향구 등이 함께 녹아져 만들어 낸 흰 꽃봉오리, 그 생명의 표상은 오랫동안 떠나 있었던 고향의 유년의 정경, 그중에서도 단장하신 어머니의 정갈한 형상을 불러내고 있 다는 점이 이 시의 독특한 매력이다. 다음 시에서도 꽃과 나 는 행동반경이 같다.

너의 발 아래가 내 하늘

너 다니는 길섶

내 마음 끝 끝 발돋움해

너 발밑 환히 밝히다

—「민들레」 부분

식물의 자유와 이동의 의지는 인간의 둘레에 있다는 게 이채롭다. 그래서 "너의 발 아래가 내 하늘"이라는 절구絶句 속에는 작은 꽃의 생 아래에 자신이 존재하고 있다는 시인 의 자각과 생명, 사랑, 의지가 녹아 있다. 둥둥 떠서 몇십 리 저 혼자 날아가는 홀씨가 아니라 "너 다니는 길섶"에 "내 마음 끝 끝 발돋움해" 민들레의 발밑을 "환히 밝히"는 존재, 민들레의 행동반경에 혼연일체가 되어 반응하는 존재로 시 적 화자는 존재한다. 인용되지는 않았지만 민들레는 '봄날의 도형을 그려 내는' 나의 "중심축"인 것이다. 확실히 이정화 시인의 시에서 '꽃'과 '나'의 간극은 구분할 필요가 없을 정도다. 그만큼 꽃은 개별적으로 떨어진 존재가 아니라, 생의 고독을 초극하게 하고 생의 활력을 채워 준다. 바로 「목련 지다」「목련」「접시꽃」 같은 시편들이다.

고요
그 상처에서
피가 번지어
물결 없이도
상어들이 몰리다

고독이 고압으로 흐르는
시퍼런
해연

흐름을 뜯으려는
흰 이빨은 무슨 악기일까
먼 데서 번지어 오는
생명
그 진동

잠시 모여 있다

돌연 흩어지는 지느러미들

—「목련 지다」 전문

　　고독은 인간의 이 땅 삶을 증명하는 실존의 기표다. 하
지만 역설적으로 고독은 모든 인간 창조를 추동하는 힘으
로 작용한다. 고독의 심연에서 자신의 내면과 만날 때 비로
소 새로움으로 넘쳐 나는 한 줄의 시가 얻어진다. 이런 맥
락으로 볼 때 "고독이 고압으로 흐르는/ 시퍼런/ 해연"이라
는 표현은 푸른 하늘 아래 살아가는 우리 삶에 대한 은유이
다. 그러나 고독의 심연, "고요/ 그 상처에서" 번지는 피라
는 부정성을 먹어 버리는 상어("목련")가 있기에 우리 삶은
살 만하다. 시인은 목련을, 고독의 "흐름을 뜯으려는/ 흰
이빨"이라는 비유로 더 선명하게 묘사한다. 놀라워라. 흰
이빨은 대지를 퉁기어 울리는 악기로 소리를 내어 생의 고
독을 위무하고, "번지어 오는/ 생명/ 그 진동"을 대기에 퍼
트리어 우리 삶의 신산을 생명으로 이끈다. 그러나 해연에
몰리는 상어의 지느러미들도 "잠시 모여 있다/ 돌연 흩어"
진다. 개화의 순간은 길지 않은 것이다. 짧기에 오히려 우
리 생을 더 긴장하게 한다. 이 작품은 가뿐하고 날렵한 상
상력으로 "고독이 고압으로 흐르는" 우리 존재들의 시간을
상어 떼와 이빨이라는 싱그럽고 새로운 면모로 잡아냄으로
써 존재에게 주는 짧기에 오히려 선명한 생명의 소슬한 기
쁨을 묘사하고 있다.

어쩌려고 봄은 와서
맹목을 뜨게 하는가
추위 속 오래 골똘하던 푸르름
가지 끝 흰 배 뒤놀며 모여드는 상어 새끼들
저 위험한 것들

서녘 비단길은 먼데
어쩌려고 봄은 또 오는가
토막 난 진리를 물어
야성의 날개 끊임없이 날아오르고
자유로운 바람
말씀들 깃발로 퍼덕여 바래어

초록 봄은 해마다 미완성
밤중에 먼 모래산이 한번 울고
탯줄을 끊은 아침
발등에 하얗게
또는 핏빛으로 흩어져 내려
그림자의 손이 아무리 길게 늘어나도
말할 뻔했을 뿐

—「목련」 전문

　이 시편 역시 목련을 상어를 통해 묘사하는 역동적 상상
력이 돋보인다. 그것은 수사적 재치이거나 언어의 세공에

그치지 않는다. 이정화가 이번 시집에서 시도하는 이런 방법론은 관습적 상상력, 즉 관조의 관성을 넘어서는 것이다.

"서녘 비단길"은 생의 누추를 뛰어넘은 어떤 이상향을 상징하면서 결국 우리의 삶은 현실을 초월하는 어떤 유토피아를 향한 도정임을 암시한다. 그런데 화자는 사막으로 표상되는 목마른 현실을 이를 악물고 한 발 한 발 나아가려고 하는데 "어쩌려고 봄은 또" 와서 그 "맹목을 뜨게 하"고, "가지 끝 흰 배 뒤놀며 모여드는 상어 새끼", '목련'을 보게 하느냐 하는 것이다. 잠잠히 참고 먼 길을 가려 하는 자에게는 섣부른 희망도 위험("저 위험한 것들")할 수가 있기에 "어쩌려고" 하는 한탄을 뱉을 수가 있는 것이다. 그러나 본질적으로 목련의 그 빛깔과 자태는 "서녘 비단길"의 환상을 불러와서 "밤중에 먼 모래산이 한번 울"게 하고, 현실에 박힌 "탯줄을 끊"게 한다. 목련은 "말씀들 깃발로 퍼덕여" 오는 것이어서 계시의 기능도 가진다. 이 시에서 결국 목련은 사막 길의 고난과 갈증을 해소하고 생의 기미를 되찾게 하는 인도자 역할을 한다.

밤새 어둠 면벽
어리석음으로
답을 구하다가 지쳐
새벽 길
터벅터벅 빈속으로
걷는 자에게

그릇 그릇

내미는

환한 보시

천년을 시퍼렇게 또아리 튼

강 마을 어귀에 들어

정신 차려

두 손바닥 모으면

그 여름

밝아 오는 빛 속 꼿꼿이

활짝 활짝

삶은

마냥 잔치

—「접시꽃」 전문

　1연의 "밤새 어둠 면벽"하고 "어리석음으로/ 답을 구하"
는 자는 진리를 추구하는 자 일반, 나아가 보들레르 식으로
말하면 헛된 꿈으로서의 몽상을 가진 자, 밤새워 글을 써
도 한 줄 받아 들지 못한 시인 자신이기도 하다. 그 허전한
빈속은 바로 지적인 욕구로 가득 차 있기에 소진된 육체다.
그러나 "그릇 그릇/ 내미는"(이 말은 당연히 '접시'에서 연유한다.)
"환한 보시"는 얼마나 구체적이고 물질적인가. 당연히 그것
은 육체적 보시를 넘어서는 영혼의 갈증을 해소하는 양식
이다. 다음 연에서 "천년을 시퍼렇게 또아리 튼/ 강 마을"

은 그 생명이 현저히 확산된 양상을 보인다. 여기서 "정신 차려"라는 말은 "밤새 어둠 면벽"한 주체의 어리석음을 일 깨우는 소리다. 실체도 없는 어둠을 붙들고 늘어지지 말고 "두 손바닥"에 "밝아 오는 빛"을 모아 그 손바닥에 성냥불 켜 지듯 발갛게 물드는 붉음을 보고, "삶은" "활짝 활짝" 피어 나는 "마냥 잔치"요 축제인 것을 알아라, 일갈한다. 대부분 의 시인들이 접시꽃을 옛 기억의 소재로 삼거나 떠난 이에 대한 회상의 정조로 처리하는 반면, 이정화의 접시꽃은 사 치스러운 상처나 애상의 기억을 담지 않고 햇살 속에서 읽 는 긍정의 에너지를 고스란히 잡아내는 특징을 가졌다. 자 연의 구체적 사물이 이룩한 기쁨의 생명 공동체를 우리가 어떻게 받아들일 것인가를 생각하게 한다. 여기에는 인간 세상의 허망을 꽃이라는 자연의 기쁨으로 대치하고 싶어 하 는 시인의 의지가 담겨 있다,

다음의 시편은 화려함이라는 일반적인 인식을 배반하고 숙연함이라는 새로운 미적 가치를 창조하는 놀라운 형상화 를 이룬 작품이다.

영롱한 뜰에
휙 스쳐 사라지는 향기

흩어지는
꽃잎 낱낱

"스님, 불 들어갑니다!"

해 빛나는 세상
짧은 필생
고스란히 하이얗게 식은 재

—「장미」 전문

　"영롱한 뜰에/ 휙 스쳐 사라지는 향기"라는 서두의 언어 감각이 새롭다. 뜰에 핀 장미와 뜰에서 일렁이는 바알간 불. 불을 고혹적인 장미로 표현하고 있는 시인은 '다비제'에 들어가는 사방에서 일렁이는, 송골송골 타오르는 작은 불꽃들을 장미의 "흩어지는/ 꽃잎 낱낱"이라는 전혀 어울릴 것 같지 않은 속성을 같은 형상으로 잡아낸다. 이런 도전적 창의성의 미학적 병치는 드물게 보는 감각이다. 이정화는 어느 경우에도 남들이 사용하는 상투적인 어법을 그대로 따르지 않는다. 그것이 다음 연 "스님, 불 들어갑니다!"에 이르면 가슴이 미어지는 먹먹함과 서늘함을 동반한다. 장미가 스님의 생을 담담히 보내려는 안간힘으로서의 북받쳐 오르는 슬픔이라는 복합적 심사를 전달하기 위한 불로 선택되었기에 이 시는 힘이 있다. "스님, 불 들어갑니다!"의 목청은 소리와 의미가 긴밀하게 호응하며 울려 내는 불붙는 울음으로 발화된다. "짧은 필생/ 고스란히 하이얗게 식은 재"에 이르러서는 생이 소멸된 쓸쓸하고 허망한 장면으로 제시된다. 우리 시단에서 시도된 적이 없는 새로운 방식으로 창조된 시다.

　이정화의 꽃 시가 도달한 또 다른 지점은 사랑의 매혹,
그 치명적 전율이다.

　　푸른 독사 모가지로 빳빳이 올라와
　　붉은 혀 날름대는

　　아까부터 바람도 숨죽인
　　이 땅끝에서

　　그늘의 사랑이여
　　나를 물어라
　　　　　　　　　　　　　　　　—「꽃무릇 2」 전문

　「꽃무릇 1」에서 "수사修辭 없이 본문만 내뱉은/ 당돌함",
"선운사/ 범종 소리도 비껴"가는 사랑으로 제시된 꽃무릇
은, 이 시에서는 욕망의 분출로 한 발 더 나아간다. "푸른
독사 모가지"의 저주와 "붉은 혀"의 매혹, 양가성을 갖춘 고
혹적인 아름다움이 섬뜩하기까지 하다. 우리는 이 시의 3연
에 나오는 '그늘'이라는 말에 특히 유념해야 한다. 사랑을 나
누려면 남의 시선이 차단되어 있어야 한다. 남의 눈을 피해
은밀히 나누는 사랑이기에 은폐를 가능하게 하는 그늘에서
더욱 뜨겁게 달아오를 수 있다. "바람도 숨죽인/ 이 땅끝"
그늘에서 "사랑이여/ 나를 물어라"라고 외치는 화자는, 황

홀한 아름다움의 유혹이 자기 파멸의 저주와 맞물려 있을지라도 어느 한쪽도 버리려 하지 않고, 그것을 즐기려 한다. "치명적 아름다움의 사랑// 왜 나는 또 무모하게 한 발 한 발 빠져드는가"라는 시(「사막」)에 나타나듯이 시적 화자에게 사랑에의 탐닉은 어쩔 수 없이 빠져드는 모래와 같다. 두려움을 모르는 화자의 사랑은 탐미적이다.

몇 편의 인용된 시를 통해 우리는 이제 이정화를 가리켜, '아침 햇살에 붐비며 반짝이는 온갖 꽃들의 색과 말과 향기를 다 받아 마시며 사는 시인', '꽃잎의 색과 마음이 다 가슴에 흐르게 하는 시인'이라는 칭호를 붙여도 되리라.

4. 예측할 수 없는 발상과 역동적 상상력

이정화의 이번 시집은 시에 대한 고도의 집중과 자각이 새로운 시적 면모를 갱신하는 일련의 시편들을 산출하는 결과를 낳았다. "말 부리는 이의 고귀한 넋을" 한 땀 한 땀 낱말과 문장에 새겨 넣은 이정화의 언어들은 눈앞의 사물이나 사실들을 이정화 특유의 감각과 통찰, 상상력의 불꽃으로 점화시켜 지금까지 본 적이 없는 새로운 미적 구조물을 만들어 내었다.

그것은 그만큼 언어적 자의식과 미적 본질에 대한 사유, 표현의 측면에서 스스로의 한계를 극복하려는 내면의 고투가 있었다는 것을 증명한다. 특히 꽃 시편들에서 그런 양상이 두드러진다. 이정화 시인의 시들은 예측할 수 없는 발상과 역동적 상상력으로 요즘 시단에서 드물게 보는 새로움과 미적 성취를 만나게 하는 기쁨을 준다.